Cali Baaba iyo Afartankii Tuug

Ali Baba *and the* Forty Thieves

Retold by Enebor Attard

Illustrated by Richard Holland

Somali translation by Adani Obsiye

Mantra Lingua

Bari hore waxa jiray wadamada Carabta, habeen dayuxu si buuxda u soo baxay, Cali Baaba waxa uu arkay wax yaab leh isagoo xaabo guraya. Cod dheer oo onkod oo kale ah oo aan ka imanaynin cirka, haseyeeshee ka soo baxaya dhulka hoostiisa.

A long time ago in Arabia, on a full moon night, Ali Baba noticed something very strange as he gathered firewood. A rumbling sound, like thunder, came not from the sky, but from below the earth.

Cali Baaba waxa uu aad u sii yaabay markii uu arkay
dhegax weyn oo isku wareegaya oo ay kana muuqato
gud mugdi ah.

And to Ali Baba's astonishment, a gigantic rock
rolled across on its very own, revealing a dark cave.

Iftiinka dayaxa waxa uu dhagaxa ku hadheeyay sawiro yaab leh. Cali Baaba waxa uu dareemay in aanuu kaligii ahayn. Wuu gurguurtay waxana uu ku dhawaaday in uu ku ag dhaco koox fardo ah oo sugaysa dadkii fooli lahaa. Cali Baaba wuu is qariyay, muddo aan foogayn koox wadata qamiisyo iyo koofiyado ay wajigooda ku daboolayn ayaa ka soo baxday godka gudihiisa iyagoo xagiisa u soo kacay.

The moonlight sent strange shadows across the rocks. Ali Baba felt he was not alone. He crept closer and nearly fell upon a pack of horses waiting for their riders. Ali Baba hid and it was not long before a bunch of shadowy cloaks and hoods came out of the cave towards him.

Waxa ay ahayeen tuug dibada ku sugaysa Ka-eed oo madaxooda ahaa.
Markii u yimi Ka-eed waxa uu kor u eegay xidigihii waxana uu ku dhawaaqay
"Xidh Sesame!" Dhagaxii weynaa wuu gariiray aayar ayuu is rogay isagoo
ku dhawaaday gudka afkiisa waxaana oo iska qariyay dunida oo dhan…
Cali Baaba mooyee.

They were thieves waiting outside for Ka-eed, their leader.
When Ka-eed appeared, he looked towards the stars and howled out, "Close Sesame!"
The huge rock shook and then slowly rolled back, closing the mouth of the cave,
hiding its secret from the whole world… apart from Ali Baba.

Markii ay ragii tageen, Cali Baaba si xoog ah ayuu u riixay dhagixii.
Dhagixii halkii ayuu ku dhagay iyada oo wax ka kaxayn kraa halkaa ayna jirin.
"Fur Sesame!" Cali Baaba ayaa hoos u yidhi.
Aayar ayaa dabadeed dhagixii dhaqaaqay isagoo muujinaya gudkii dheeraa ee mugdiga ahaa. Cali Baaba waxa uu isku dayay in uu qunyar socdo, haseyeeshee talaabo kasta oo uu qaado sanqad dheer oo aad loo maqlayo ayay samaynaysay. Markaana wuu kufay, indoor ah waxa uu sii galgashoba waxa uu isku taagay googol xariir ah oo leh daabac qorxoon. Waxa hareeraha ka xigay jawaano ay ka buuxaan dahab iyo lacag qadaadiic ah, fijaano ay ku jiraan dheeman iyo macdano qaali ah iyo weel kale oo ay ka buuxaan dahab quroorux ah.

When the men were out of sight, Ali Baba gave the rock a mighty push.
It was firmly stuck, as if nothing in the world could ever move it.
"Open Sesame!" Ali Baba whispered.
Slowly the rock rolled away, revealing the dark deep cave. Ali Baba tried to move quietly but each footstep made a loud hollow sound that echoed everywhere.
Then he tripped. Tumbling over and over and over he landed on a pile of richly embroidered silk carpets. Around him were sacks of gold and silver coins, jars of diamond and emerald jewels, and huge vases filled with... even more gold coins!

"Tani ma riyaa?" Cali Baaba ayaa iswaydiiyay. Waxa uu la soo baxay silsiladii qoorta oo dheeman ah, dhalaal keedii ayaa indhaha ka cawaray. Silsiladii ayuu qoortiisa galiyay. Waxa uu xidhay mid kale isagoo hadba mid ku boodayay. Waxa uu sikisyadiisa ka booxiyay macdan qaali ah. Jeebab kiisa oo dhan ayuu iyana ka booxiyay dahab badan oo culayskiisa dartii uu dirqi kaga soo baxay gudkii.

Markii uu kor u soo baxay ayuu ku jeestay oo yidhi "Xidh Sesame!" dhagaxii ayaa si degdeg ah isu xidhay.

Sida aad garan karto, Cali Baaba waqti dheer ayay ku qaadatay in uu gaadho gurigiisii. Markii ay aregtay afadiisii waxa uu sido farxad darted ayay la'ooday, haddaan haysanaa lacag nagu filan inta aan noolnahay.

"Is this a dream?" wondered Ali Baba. He picked up a diamond necklace and the sparkle hurt his eyes. He put it around his neck. Then he clipped on another, and another. He filled his socks with jewels. He stuffed every pocket with so much gold that he could barely drag himself out of the cave.

Once outside, he turned and called, "Close Sesame!" and the rock shut tight.

As you can imagine Ali Baba took a long time to get home. When his wife saw the load she wept with joy. Now, there was enough money for a whole lifetime!

Maalintii labaad, Cali Baaba waxa uu uga waramay walaalkii Kaasim, wixii dhacay.
"Ha u soo dhawaan gudkaa," Kaasim baa uga digay, "waa halis."
Kaasim ma waxa uu ka warwarqabay nabad galyada walaalkii? Maya, may ahayn sidaa.

The next day, Ali Baba told his brother, Cassim, what had happened.
"Stay away from that cave," Cassim warned. "It is too dangerous."
Was Cassim worried about his brother's safety? No, not at all.

Habeenkaasi markii qof waliba seexday, ayaa Kaasim qonyar ka soo guday tuuladii isagoo wata
sadex dameerood. Goobtii sixirka marka uu istaagay ayuu ku dhawaaqay, "Fur Sesame!"
Dhagixii ayaa isrogay, waana furay iridii. Labadii dameer ee ugu horeeyay ayaa galay,
haseyeeshee kii sadexaad ayaa ka maagay in uu galo. Kaasim ayaa xoog iyo xoog u soo jiiday
dameerkii isagoo garaacaya kuna qaylinaya, tan iyo intii dameerkii miskiinka ahaa uu iska
dhiibayay. Dameerku aad buu u cadhaysnaa, laad xoog leh ayaanu ku dhuftay dhagaxii.
Si tarteeb ah ayaa dhagaxii isu rogay waana is xidhay.
"Kaalay dameeryahow nacaska ah," ayuu yidhi isagoo cadhaysan Kaasim.

That night, when everyone was asleep, Cassim slipped out of the village with three
donkeys. At the magic spot he called, "Open Sesame!" and the rock rolled open.
The first two donkeys went in, but the third refused to budge. Cassim tugged and tugged,
whipped and screamed until the poor beast gave in. But the donkey was so angry that it
gave an almighty kick against the rock and slowly the rock crunched shut.
"Come on you stupid animal," growled Cassim.

Gudaha markii uu galay Kaasim farxad iyo rayrayn ayaa madex martay. Si degdeg ah ayuu baagagii mid mid u buuxiyay waxana uu ku raray dameerihii masaakiinta ahaa. Markii Kaasim uu soo qaban kariwaayay baag kale waxa uu goostay in uu ku laabto gurigiisii. Waxa uu kor ugu dhawaaqayay isagoo leh, "Fur Cashewie!" waxba ma dhicin. "Fur Almony!" markale ayuu yidhi, waxba haddana ma dhicin.
"Fur Pistachi!" waxba wali ma jiraan.
Kaasim aad ayuu u daalay waxaana uu isku dayay wax kasta oo suurto gal ah isagoo qaylinaya aadna u cadhaysan, haseyeeshee waxa uu ilowbay erayga "Sesame"!
Kaasim iyo sedexdii dameer halkaa ayay ku xanibmeen.

Inside, an amazed Cassim gasped with pleasure. He quickly filled bag after bag, and piled them high on the poor donkeys. When Cassim couldn't grab any more, he decided to go home. He called out aloud, "Open Cashewie!" Nothing happened.
"Open Almony!" he called. Again, nothing.
"Open Pistachi!" Still nothing.
Cassim became desperate. He screamed and cursed as he tried every way possible, but he just could not remember "Sesame"!
Cassim and his three donkeys were trapped.

Subaxdii labaad ayaa Cali Baaba dumaashidii oo cadhaysan waxa ay soo graacday albaabkiisii.

"Kaasim gurigiisii muu iman," ayay tidhi iyadoo oohin u dhaw.

"Xaguu ka dhacay? Haa! Xagee uu ku maqanyahay?" ayay hadana tidhi. Cali Baaba wuu naxay. Meel kasta ayuu kasoo eegay walaalkii si uu u helo, haseyeeshee wuu kasoo quustay kuna soo daalay. Xagee ayuu Kaasim ku maqnaan karaa?

Markaas ka dib ayuu xasootay.

Waxa uu dabadeed tagay meeshii dhagaxa uu yaalay. Kaasim oo mayd ah ayaa yaal gudka dhiniciisa. Tuugtii ayaa mar hore heshay. "Kaasim waa in maydkiisa degdeg loo aasaa," ayuu ku tashaday Cali Baaba, waxana uu u qaaday maydkii walaalkii ee cuslaa xagii gurigooda.

Next morning a very upset sister-in-law came knocking on Ali Baba's door. "Cassim has not come home," she sobbed. "Where is he? Oh, where is he?" Ali Baba was shocked. He searched everywhere for his brother until he was completely exhausted. Where could Cassim be?

Then he remembered.

He went to the place where the rock was. Cassim's lifeless body lay outside the cave. The thieves had found him first.

"Cassim must be buried quickly," thought Ali Baba, carrying his brother's heavy body home.

Markii tuugtii soo noqotay waxa ay waayeen maydkii Kaasim, waxana ay u maleeyeen in bahal ugaadha ka mid ah uu qaatay. Haseyeeshee, waa maxay raadadkani?

"Qof kale ayaa ka warqaba sirteena," ayuu ku dhawaaqay Ka-eed, isaga oo cadhaysan. "Waa in isna ladilaa."

Tuugtii waxa ay sii raaceen raadkii tan iyo inta ay gaadheen dadkii maydka Kaasim siday si ay ugu aasaan meel aan ka fogayn gurigii Cali Baaba. "Waa in uu kan yahay," ayuu yidhi Ka-eed. Si qarsoon ayuuna u mariyay goobaab cad albaabkii dibadda ee guriga. "Caawa ayaan dili doonaa marka qof waliba seexdo," ayuu yidhi.

Laakiin Ka-eed muu ogayn in qof arkayo waxa ay sameeyeen.

When the thieves returned they could not find the body. Perhaps wild animals had carried Cassim away. But what were these footprints?

"Someone else knows of our secret," screamed Ka-eed, wild with anger. "He too must be killed!"

The thieves followed the footprints straight to the funeral procession which was already heading towards Ali Baba's house.

"This must be it," thought Ka-eed, silently marking a white circle on the front door. "I'll kill him tonight, when everyone is asleep."

But Ka-eed was not to know that someone had seen him.

Gabadhii shaqaalaha ahayd ee Morgianna ayaa arkaysay waxana ay dareentay ninkaa aan la aqoon in uu noqon karo qof xun. "Wax kasta ha noqoto goobabta albaabka lagu qoray?" ayay istidhi, waxana ay sugtay inta uu ka tagayay Ka-eed.

Morgianna waxa ay samaysay wax aad u fiican. Waxay soo qaaday dabaashiir cad, waxana ay marisay albaabadii guri kasta oo tuulada ku yaal iyadoo ku sawirtay goobab cad oo la mid ah tii hore loogu qoray gurigooda.

The servant girl, Morgianna, was watching him. She felt this strange man was evil. "Whatever could this circle mean?" she wondered and waited for Ka-eed to leave. Then Morgianna did something really clever. Fetching some chalk she marked every door in the village with the same white circle.

That night the thieves silently entered the village when everyone was fast asleep.

"Here is the house," whispered one.

"No, here it is," said another.

"What are you saying? It is here," cried a third thief.

Ka-eed was confused. Something had gone terribly wrong, and he ordered his thieves to retreat.

Habeenkii ayaa tuugtii tuuladii soo galeen iyadoo qof waliba hordo.

"Waa kan gurigii," mid tuugta ka mid ah ayaa hoos u yidhi.

"Maya, waa kaa," ayaa mid kale yidhi.

"Maxaad ka hadlaysaan, soo kan gurigii," ayaa tuugii sadexaad yidhi.

Ka-eed ayaa wareeray waxana uu gartay in ay wax isdhaafeen oo si qaldan u dhaceen, waxa tuugtiisii uu ku amray in ay dib u soo noqdaan.

Subaxdii labaad Ka-eed ayaa soo noqday. Hadh kiisii dheeraa
wax uu gaadhay gurigii Cali Baaba, waxana uu fahmay in ay taa
tahay goobaabtii ay xalay heli waayeen. Waxa uu ku fakaray
fikrad cusub, waxana uu u gayn doonaa Cali Baaba, afartan
madiibadood oo rinji lagu xardhay. Haseyeeshee, madiibad kasta
waxa ku dhex dhooman doona hal tuug oo seef wata diyaarna ah.
Maalintaa galinkii dambe, Morgianna waxa ay layaabtay markii
ay aregtay awr xiriir ah iyo fardo gaadhiyo jiidaya oo hortaagan
gurigii Cali Baaba.

Early next morning Ka-eed came back.
His long shadow fell on Ali Baba's house and Ka-eed knew that this
was the circle he could not find the night before. He thought of a plan.
He would present Ali Baba with forty beautifully painted vases.
But inside each vase would be one thief, with his sword ready, waiting.
Later that day, Morgianna was surprised to see a caravan of camels,
horses and carriages draw up in front of Ali Baba's house.

Nin xidhan qamiis cagaar ah iyo cigaal qurux badan ayaa u yeedhay ninkii ay u shaqaynaysay.
"Cali Baaba," ayuu yidhi ninkii, "waad ducaysan tahay, walaalkaa in aad u gurmato oo aad ka
badbaadiso ugaadha dad cunka ah, waa tallaabo geesinimo ah waana in lagaa abaal mariyaa."
Sheekha yagii Kurgoostan u madexda ahaa waxa uu ku siinayaa afartan barmeel oo ay ka
buuxdo dheeman qaali ah. Sida aad ogtahay, Cali Baaba muu ahayn qof fariid ah, waxana uu
aqbalay in uu qaato hadiyadaa isagoo dhoosha ka qoslaaye. "Eeg Morgianna, eeg waxa la
isiiyay," ayuu yidhi.
Haseyeeshee, Morgianna way shakisanayd, waxay dareentay in wax xumi ay dhici doonaan.

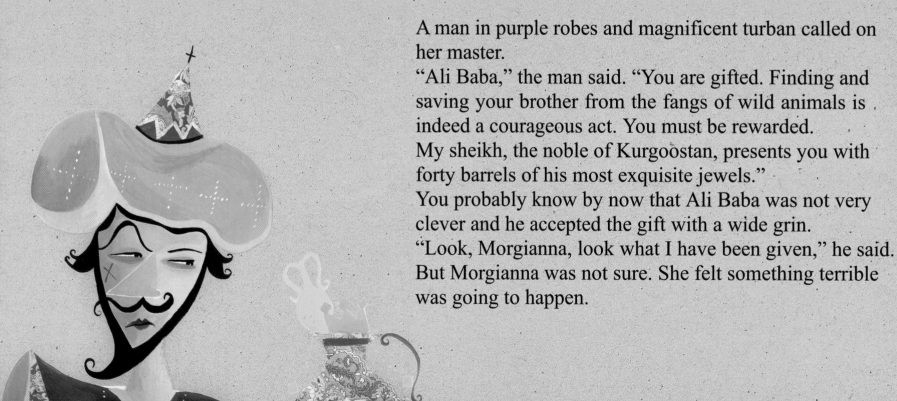

A man in purple robes and magnificent turban called on
her master.
"Ali Baba," the man said. "You are gifted. Finding and
saving your brother from the fangs of wild animals is
indeed a courageous act. You must be rewarded.
My sheikh, the noble of Kurgoostan, presents you with
forty barrels of his most exquisite jewels."
You probably know by now that Ali Baba was not very
clever and he accepted the gift with a wide grin.
"Look, Morgianna, look what I have been given," he said.
But Morgianna was not sure. She felt something terrible
was going to happen.

"Degdeg," ayay tidhi markii Ka-eed tagay. "Soo kululee saliid ay qaadi karaan sadex awr tan iyo inta qiiq badani ka kacaayo dhariga saliido ku jirto. Dhakhso, ayaan ku idhi inta aan wahktigu ku dhaafin. Mar kale ayaan kuu sheegi doonaa."
Si degdeg ah ayaa Cali Baaba uu u keenay saliidii batroolka oo aad u holcaysay olol badanina ka baxayay. Baaldigii ugu horeeyay saliidaa xun waxa ay ku shubtay barmeelkii koobaad. Si xun ayuu u gariiray waxana uu ku dhawaaday in uu soo butaaco. Markiiba haddana waa iska degay. Morgianna aayar ayay furtay daboolkii barmeelka. Cali Baaba, waxa uu dabadeed arkay tuug dhintay!
Isagoo ogaaday shirqoolkii ayaa Cali Baaba waxa uu gacan ku siiyay Morgianna in ay mid mid u disho tuugtii oo dhan iyadoo adeeg sanaysa habkii hore oo kale.

"Quick," she called, after Ka-eed had left. "Boil me three camel-loads of oil until the smoke rises out of the pots. Quick, I say, before it is too late. I will explain later."
Soon Ali Baba brought the oil, spluttering and hissing from the flames of a thousand burning coals. Morgianna filled a bucket with the evil liquid and poured it into the first barrel, shutting the lid tight. It shook violently, nearly toppling over. Then it became still. Morgianna quietly opened the lid and Ali Baba saw one very dead robber!
Convinced of the plot, Ali Baba helped Morgianna kill all the robbers in the same way.

Habeenkaa Ka-eed ayaa u yimi si uu ugala qaybgalo dabaaldegga, Cali Baaba. Waxa ay ka dhergeen hilib iyo rooti si la yaab leh loo bisleeyay. Waxa ay cabeen juus laga miiray khudrad macaan. Haseyeeshee waxa ugu qurux badnaa wixii dhacayay ciyaar ay ka boodaysay Morgianna. Miskiin, Ka-eed waqti uma uu helin, waxana uu daacayay cunadii badnayd ee uu ka dhargay. Waxa indhaha uu la raacayay Morgianna oo ciyaaraysay marwalbna kusoo dhawaanaysay. Mar kali ah ayuu dareemay in midi dheeman ah wadnaha laga galiyay.

That evening Ka-eed arrived to feast with Ali Baba.
They gorged on meats and breads cooked in wonderful ways.
They drank the rich nectar of sumptuous fruits.
But the highlight was Morgianna's dance! Poor Ka-eed did not
have a chance. Belching with the rich food, his eyes rolled
round and round watching Morgianna spin closer and closer.
Then all of a sudden, he felt a diamond studded dagger plunge
into the depths of his heart.

Maalintii xigtay, Cali Baaba waxa uu ku noqday meeshii dhagaxu yaalay. Waxa uu kasoo guray gudkii lacagtii sirta ahayd iyo dheemantii ku jirtay. Waxa uu dabadeed ku dhawaaqay, "Xidh Sesame!" markii ugu dambaysay.

Waxa uu siiyay dheemantii dadkii oo Cali Baaba u doortay in uu madex u noqdo.

Cali Baaba waxa uu iyana ka dhigay Morgianna in ay noqoto lataliyihiisa koobaad.

The next day Ali Baba returned to the place where the rock was. He emptied the cave of its secret coins and jewels and he called out, "Close Sesame!" for the last time.

He gave all the jewels to the people, who made Ali Baba their leader.

And Ali Baba made Morgianna his chief adviser.